LE SERMENT

AU DIX-NEUVIÈME SIÈCLE

Croire ou savoir?

PAR

JEAN-PAUL

~~~~~~~~~

Prix : 50 centimes

~~~~~~~~~

PARIS

LE CHEVALIER, ÉDITEUR

61, RUE RICHELIEU, 61

—

1869

LE SERMENT

AU DIX-NEUVIÈME SIÈCLE

LE

SERMENT

AU DIX-NEUVIÈME SIÈCLE

Croire ou savoir?

PAR

JEAN-PAUL

Prix : 50 centimes

PARIS

LE CHEVALIER, ÉDITEUR

61, RUE RICHELIEU, 61

1869

LE SERMENT

AU DIX-NEUVIÈME SIÈCLE

Le serment joue un grand rôle dans nos
mœurs. Serments politiques, serments religieux, serments professionnels, serments ju-
diciaires, serments d'amour, le serment
passe partout. Un statisticien a calculé que le
nombre des serments s'élevait progressive-
ment chaque année comme le budget et ne
lui était guère inférieur.

*
* *

L'énormité croissante du budget épuise les richesses d'un pays.

Le serment prodigué opère de même sur la dignité du citoyen.

*
* *

Les orateurs noyent leurs pensées dans des flots d'éloquence ; les amants couvrent leurs maîtresses de dentelles et de bijoux ; les hommes couvrent leurs affirmations de serments.

D'ordinaire, la pensée n'en est pas moins creuse, la maîtresse n'en est guère plus fidèle, et la parole n'en est pas plus sincère.

*
* *

On dit de quelqu'un : c'est un homme de parole.

On ne dit jamais : c'est un homme de serment.

Pourtant les hommes de serment sont bien plus nombreux que les hommes de parole.

*
* *

Qu'est-ce que prêter serment ?

C'est prendre la Divinité à témoin de la sincérité d'une affirmation.

C'est donc un acte religieux. Si la Divinité tient un compte exact de tous les serments prêtés et violés, il doit y avoir au ciel une comptabilité quelque peu compliquée.

Dans la religion des brahmes, parmi les saints il ne se trouve pas un seul ancien teneur de livres.

*
* *

Le serment, dit M. Ernest Desmarest, est
une épave du moyen âge. Cet acte répugne
tellement à la conscience de l'ancien bâton-
nier qu'il se refuse à le prêter non-seulement à Napoléon III, mais à n'importe quel
gouvernement qui pourrait lui succéder,
même à la république.

*
* *

Il est certain que le serment se comprenait au moyen âge comme une institution vi-
vifiante au profit du seigneur ou du monarque. Le moyen âge était fondé sur la foi politique soudée à la foi religieuse. Le monar-

que représentait la Divinité ; il était tout na-
turel d'enchaîner le vassal par un serment
politique et religieux déposé dans les mains
sacrées du suzerain.

Pas de liberté de conscience! La parole
libre punie du gibet ; à la pensée muette, le
serment, cette camisole de force de la conscience ; le tout formait un ensemble logique
et savamment ordonné.

*
* *

Mais sous le régime de la liberté de
conscience, proclamé en 1789 et inscrit
dans la constitution actuelle, que veut dire
le serment ?

Comment la conscience d'un libre penseur
peut-elle s'enchaîner par une invocation à
une Divinité qu'elle ne reconnaît pas?

Une récompense honnête sera accordée à

celui qui nous apportera une réponse raisonnable.

*
* *

Ceci nous conduit à demander si les cons-
tituants de 1848 avaient reçu de leurs électeurs mission de mêler un acte religieux à
une constitution politique basée sur la liberté de conscience. Avaient-ils le droit
d'exiger du futur président de la république
un serment?

Étaient-ils certains que la nation n'éli-
rait pas un libre penseur?

Sans doute la constitution devait être obli-
gatoire pour tous et quiconque la violait com-
mettait un crime. Il fallait prendre ses précautions pour punir le criminel, faire élire
la magistrature par le peuple, la garde na-
tionale par le peuple, le directeur des postes
par le peuple; il fallait interdire l'entrée de
la capitale à l'armée comme jadis dans la ré-

publique romaine ; il fallait assumer sur tous les officiers et fonctionnaires une responsabilité effective et personnelle... toutes ces précautions eussent été simples et naturelles. Mais, voir une assemblée de voltairiens , coiffer un engagement légal d'une chose religieuse comme le serment, c'est là un spectacle digne de méditation.

Toutefois, nous n'accorderons pas de récompense honnête à celui qui nous apportera une explication de ce phénomène ; elle serait trop facile à trouver.

*
* *

Du reste, l'intervention des choses religieuses ne paraît pás avoir porté bonheur à la République de 1848.

Les arbres de la liberté sont bénits avec pompe. Leur existence est courte.

On élève sur la place de la Concorde un immense autel ; nn évêque y dit la messe en grand apparat ; d'un côté de l'autel, Armand Marrast, le Voltairien ; de l'autre, le général Cavaignac ; puis, le Président, après la bénédiction, donne lecture de la Constitution.

Encore un printemps et la Constition a vécu.

Un acte religieux, le serment du Président du pouvoir exécutif, consacre l'éternité de la Constitution.

Le serment était déjà usé au 2 décembre 1851.

*
* *

La République n'exigeait qu'un seul serment : elle n'a pas vécu trois printemps.

L'empire a prodigué les serments par milliers, par millions, et il a vécu déjà plus de 18 ans.

Serait-ce que les serments ont une puissance en raison de leur nombre ?

*
* *

Un jeune écrivain, M. Laferrière, faisait remarquer que le serment était d'une substance qui s'usait très-vite, puisque le candidat, après l'avoir prêté avant l'élection, était dans la nécessité d'en prêter un nouveau trois semaines après, en entrant à la Chambre.

Du reste chaque année à l'ouverture du Corps législatif on prête un nouveau serment.

Le corps des avocats prête aussi chaque année un nouveau serment.

Ainsi, le serment semble être de la nature des plantes annuelles et même mensuelles.

*
* *

Le prince de Talleyrand en prêtant serment entre les mains de Louis-Philippe lui dit : « Sire, c'est mon dix-septième serment. » Cet ancien évêque paraissait estimer beaucoup cette attestation de la Divinité puisqu'il en faisait usage si volontiers.

Les bons mots de ce pieux personnage piquèrent souvent le roi Louis-Philippe, monarque non moins religieux que son ministre. Néanmoins le roi l'aimait beaucoup. Il vint le visiter dans sa dernière maladie. Le moribond se tordait sur son lit : « Sire, dit-il, je souffre les douleurs de-l'enfer. »

— Déjà ! lui dit le monarque.

Louis-Philippe croyait-il à l'efficacité des faux serments ?

*
* *

Les hauts magistrats, les grands fonctionnaires qui avaient prêté serment à Louis-

Philippe, ne firent aucun emploi de leur serment le 24 février. M. Dupin, en tête de la magistrature, s'en vint saluer le nouveau gouvernement avec une extrême célérité.

Si le serment avait été renouvelé le 1er janvier 1848, il n'avait donc qu'un mois et 24 jours ; cependant il se trouva complétement usé avant que le trimestre ne fût échu.

Ce manque de solidité fut tel que le gouvernement provisoire crut que le serment n'était plus mettable pour les fonctionnaires : il l'abolit.

*
* *

J'ignore si le serment religieux a plus d'empire. Cependant le cas du Père Hyacinthe me fait rêver.

*
* *

Les fières des écoles chrétiennes font serment de chasteté pour un certain laps de
temps. Les instituteurs primaires ne font pas
ce même serment. Le ministre, M. Duruy, a
établi dans sa statistique que les crimes de
débauche et d'attentat étaient dans une proportion bien plus considérable chez les frères
des écoles chrétiennes que chez les laïques.

Cependant les frères des écoles chrétiennes continuent à prêter serment de chasteté
et leur corporation va toujours en florissant.

*
* *

Comment expliquer cette contradiction ?
Les frères répondent que la raison de leur
succès est dans l'ensemble de leurs vertus.
Quant aux accidents des assises, on répond
en invoquant la loi générale par ce mot hor-
rible : Que voulez-vous, au physique comme

au moral, le corps le plus sain sent toujours mauvais par quelque endroit.

*
* *

Un soir, disent les *Mémoires du XVIII*e *siècle*, le cardinal X... se trouvait à Lyon, dans le salon de la marquise de B... On parait des serments, des vœux. Chacun faisait sa confession.

« Chose singulière, dit le cardinal, j'ai fait vœu de pauvreté et j'ai 200,000 livres de rente : j'ai fait vœu d'obéissance et je commande au premier archevêché de France ; j'ai fait vœu d'humilité et me voilà cardinal, prince romain.

... — Et votre vœu de chasteté, monseigneur ? observa la marquise, en désignant du coin de l'œil un enfant charmant de dix ans, qui jouait derrière la table. »

« — Il m'a aussi bien réussi que les autres, répliqua le prélat avec son fin sourire. »

Evidemment le prélat croyait à l'efficacité des serments.

*
* *

Les journaux ont rapporté il y a quelques années une parole curieuse de l'auteur de *......*. S'adressant à un archevêque, il lui disait : « Ce qui manque à notre époque, monseigneur, c'est la foi politique et la foi religieuse. »

Il est certain qu'une monarchie ne peut pas exister sans une foi politique qui environne la dynastie d'une auréole surnaturelle, et d'une foi religieuse qui discipline les esprits et les habitue au joug des croyances providentielles. La force brutale du vainqueur manquerait de stabilité si elle n'était bénie et consacrée par l'intervention divine. C'est là le sens de cette maxime :

Toute puissance vient de Dieu.

C'est de là également qu'est sortie cette locution :

« Nous... (un tel) roi ou empereur par la grâce de Dieu. »

*
* *

Dans la logique de ce système, quand une puissance s'écroule c'est que la Grâce divine vient à manquer.

Louis-Philippe se sauve en fiacre, c'est que la Grâce a manqué. Vite on chante des *Te Deum* pour la République et on bénit les arbres de la Liberté !

La République est mise au cachot, c'est
que la Grâce a manqué.

La guerre du Mexique se termine par une
catastrophe, c'est que la Grâce a manqué.

Observation curieuse : le peuple avait le
droit, en décembre 1851, de demander
compte au Président de la violation du contrat. Aussi un certain nombre prostestèrent.
Mais, c'était principalement à la religion et à
la magistrature qu'il importait de demander
compte du serment violé, et cependant on
ne cite guère de magistrats ni d'évêques qui
se soient émus de l'opinion de la Divinité sur
cette affaire du serment.

Pourtant, on affirme toujours qu'une dynastie ne peut se fonder que sur une foi
politique et religieuse.

* *
*

En prévision de cette objection : « le Deux

Décembre est-il un crime ? » l'auteur du Coup d'Etat s'empressa d'écrire : « des milliers de suffrage m'ont absous. »

Qu'un peuple absolve un homme de la violation de la loi, je le veux bien, disait un raisonneur, si cela ne cause aucun préjudice à autrui ou si l'on a réparé ce préjudice ; mais la violation du serment, qui pourra l'absoudre ? Cela regarde la Divinité.

Comment la Divinité a-t-elle envisagé la violation de cet acte dont elle avait été appelée témoin solennel ?

Si l'on recherche, dans les faits qui ont suivi, le sentiment de la Divinité à cet égard, il faut bien reconnaître qu'elle a dû approuver le parjure ou l'absoudre avec empressement, puisqu'elle a concédé à son auteur une puissance formidable et l'a gorgé de richesses. La conclusion serait que le parjure peut être dans certains cas bon et louable aux yeux de la Divinité ; mais, ce raisonnement est tout humain, et ne peut par conséquent s'appliquer aux choses divines.

Reste ce fait historique qu'il faut enregistrer : En 1851 la grande majorité des gens religieux ont applaudi à la violation du serment ; le camp opposé était au contraire rempli d'esprits irreligieux.

*
* *

Parmi les célébrités ou les notoriétés républicaines les opinions sont bien diverses :

M. Victor Hugo dit à propos du serment préalable à la candidature de député : « Le serment est un attentat, c'est le coup d'état en permanence. »

MM. Félix Piat, Schœlcher, Louis Blanc, Quinet protestent énergiquement au nom de la conscience, base d'une société d'hommes libres.

M. Ledru-Rollin avait d'abord promis d'envoyer son serment. Il le refuse maintenant.

M. Henri Rochefort le prête et on le considère comme inassermenté.

M. Floquet, après avoir plusieurs fois prêté serment, soutient les candidatures inassermentés.

Il est clair que les uns font du serment une question de conscience, les autres s'en servent comme d'une machine de guerre. En résumé : chez les hommes de 1848 on sent toujours percer le sentiment religieux qui avait maintenu l'union des cultes et de l'Etat, et qui avait fait bénir la constitution sur la place de la Concorde après une messe solennelle. Chez les jeunes, au contraire, l'esprit raisonneur, critique et sceptique se donne ample carrière.

« — Je prête le serment, dit l'un, mais je ne le donne pas. C'est si bien un prêt, que lorsque je vais le déposer à l'Hôtel-de-Ville on m'en donne un reçu. »

« — Le suffrage universel constitue un droit inviolable, dit l'autre, je dois pouvoir l'exercer librement ; si l'on m'impose un serment, cet acte est nul *ipso facto,* en vertu du Code civil proclamant le contrat nul, lorsque le consentement n'a pas été libre. »

« — Le serment n'engage à rien, dit un troisième ; il renferme deux propositions contradictoires. Si l'Empereur viole la Constitution, que ferai-je ?

« En obéissant à la loi, je viole mon serment de fidélité.

« En maintenant ma fidélité, je viole la loi. »

Criminel d'un côté ! parjure de l'autre ! Que faire ? pauvre conscience du sujet !

*
* *

La campagne des assermentés, qu'elle réussisse ou non, restera un imbroglio pour l'histoire. — Cette incroyable confusion aurait disparu, si les aimables voltairiens qui ont organisé cette campagne avaient dit :

« Le serment comme acte religieux n'est pour nous qu'une plaisanterie aussi étrangère au domaine de la conscience qu'une question d'habit ou de chapeau. — Mais, c'est un attentat à la liberté du suffrage, une violation du principe de 89 qui déclare que les hommes naissent libres et demeurent libres. »

« Cette entrave à la liberté du suffrage, nous voulons la briser. Comme moyen d'atteindre ce but, nous engageons nos électeurs à voter pour nous. C'est un plan de campagne, une manœuvre, rien de plus. »

La manœuvre eût été déclarée bonne ou mauvaise, mais au moins un tel langage eût été clair. Beaucoup diront qu'il eût été franc et raisonnable. Et M. Pessard ne se fût pas écrié en présence de la confusion actuelle : « Les dieux sont cruels, et ils châtient promptement ceux qui ne rendent pas hommage au culte de la déesse Raison. »

*
* *

Le scepticisme de la jeunesse a beaucoup augmenté en France. Depuis 18 ans il a semblé se développer dans la même proportion que les institutions religieuses. Le serment a fourni un prétexte à la jeunesse

dorée pour varier un peu ses frivoles plai-
sirs. Quelque temps avant les élections de
mai dernier, une quarantaine de jeunes gens
organisèrent sur le serment une fête vrai-
ment burlesque. La pièce avait pour titre :
Ouverture de la Chambre des députés. Chacun
apprit son rôle ; chacun se fit coiffer, cha-
marrer de manière à singer tant bien que
mal un député renommé.

Le théâtre représentait le Corps Législatif ;
les sténographes étaient à leur poste. Nous
reproduisons quelques extraits ridicules de
cette séance. Ils permettront de mesurer la
décadence du serment dans l'esprit de cette
singulière génération.

Le président avait naturellement pris la voix et l'attitude de M Schneider.

M. Schneider. — J'ai l'honneur de donner connaissance à la Chambre d'un décret ampliatif, qui accorde au député, qui prêtera le serment le plus spirituel et le plus sérieux, un prix de cent mille francs.

Une voix. — Ajoute-t-on au prix de cent mille francs des droits d'entrée ? (Hilarité générale. — Pesez donc vos expressions ! — Pas de pesage ! — Bruit. —)

Le Président. — Les pouvoirs ont été vérifiés par les bureaux.

La parole est aux rapporteurs.

Le rapporteur du premier bureau. — Nous concluons à la validité de l'élection du citoyen Raspail.

Le citoyen Raspail. — Je le jure.

Le Président. — Sur quoi ?

Raspail. — Sur le camphre. (Hilarité. — Ce n'est pas sérieux ! — Voix diverses :

— Que ferez-vous d'un pareil serment? — Oui, qu'en ferons-nous? C'est piquant. — Non, cela sent l'ail.),

M. Raspail. — L'ail est le camphre du pauvre. (Taisez-vous. — Bruit. — Le silence se rétablit difficilement.)

2e bureau. Le rapporteur conclut à la validité de l'élection de M. Jules Favre, député du Rhône.

Le Président. — Monsieur Jules Favre, prêtez serment.

M. Jules Favre. — Je le jure sur les convictions de M. le ministre d'État. (Applaudissements. — Cela est très-précis. — Non, cela n'est pas saisissable.— Pourquoi pas sur vos convictions religieuses? — Bruit.)

3e bureau. — Le rapporteur conclut à la validation de l'élection de M. Ernest Picard.

M. Ernest Picard. — Je le jure.

Le Président. — Pas si vite, monsieur Pi-

card, vous êtes toujours prêt à jurer. Vous
n'attendez pas que je vous donne la parole.
Allez, levez la main.

M. Ernest Picard. — Je le jure sur la
caisse de la ville de Paris. (Murmures. —
Ce n'est pas fort. C'est un serment creux.)

4ᵉ bureau. Le rapporteur conclut à la validité de l'élection du citoyen Gambetta.

Le Président. — Vous avez la parole pour
prêter serment.

M. Gambetta. — J'ai mal à la gorge.

M. le Président. — Essayez, faites un
effort, poussez ferme.

M. Gambetta. — Je le jure... sur le courage
de Dupin. (Bruits divers mêlés d'applaudissements.)

Une voix. Mais il est mort, M. Dupin.

M. Gambetta, d'une voix de stentor. —
Comment, il est mort?

Une voix. — Certainement ! Vous n'avez
donc pas reçu de billet de faire part?

M. Gambetta. — De tels héros sont des types qui ne meurent jamais.

1er Bureau. — Le rapporteur conclut à la validation de l'élection de M. Henri Rochefort. (Sensation, cris : *vive la Lanterne*. Sonnette du Président ; le calme se rétablit.)

Le Président. — M, Rochefort vous allez remplir un acte grave, très-grave, songez que le serment....

M. Rochefort, (à part.) — Dire que ces pantins se prennent au sérieux.

Le Président, (continuant.) — Le serment est un acte important.

Rochefort. — Je crois bien ! cent mille francs à gagner ! (Rires,)

Le Président. — Encore une fois levez la main et soyez sérieux.

Une voix. — Sur quoi va-t-il jurer ?

Un membre. — Sur la *Lanterne*, parbleu !

Un autre. — Mais non, sur Villemessant !

Le Président. — Dépêchez-vous, M. Rochefort, vous mettez partout le désordre...

Rochefort. — Je suis embarrassé.

Le Président. — Allons, élevez donc votre pensée une fois en votre vie et élevez le serment à la même hauteur.

Rochefort. — Je le jure sur le plus délicieux faux chignon de la chrétienté. (Cris, tumulte, à l'ordre.)

Rochefort. — Vous me disiez de m'élever... (Une voix : quel toupet! — C'est un faux toupet ! — Pas d'allusion ministérielle.)

Nous passons le reste des serments :

M. Thiers jure sur le denier de Saint-Pierre;

M. Ollivier sur son intérêt bien entendu;

M. Belmontet sur l'intelligence de ses électeurs, etc., etc.

13ᵉ Bureau. — M. Z... est appelé à prêter serment. (Sensation.)

M. Z... d'une voix impudente : — Je le
jure sur les fonds secrets ! (Tonnerre d'applaudissements, l'assemblée électrisée, se
lève. On vient féliciter M. Z... de son courage à dire la vérité.)

M. le Président. — Si j'en juge par l'émo-
tion de l'assemblée, le prix de 100,000 francs
est décerné d'acclamation à M. Z...

De toute part. — Oui, oui. (M. Z... est
porté en triomphe autour de la salle. Il est
précédé des chambellans portant un coffre-
fort surmonté d'une banderolle avec cet
exergue : « l'argent sent toujours bon. »

Voilà où en est notre génération sur la question des serments.

Si l'on ne se hâte de remplacer la foi absente par la science, science morale, science politique, j'ignore où nous descendrons, mais je sais fort bien où nous n'atteindrons pas.

*
* *

J'ai ouvert un jour le volume des *Devoirs du Suffrage universel*. Le chapitre consacré au serment contient un assez grand nombre de propositions. Parmi celles-là, j'ai noté les deux suivantes que les professeurs devraient donner à leurs élèves comme sujet de composition :

Peut-on violer son serment pour cause de salut public ?

Peut-on admettre la prescription en matière de violation de serment?

✳
✳ ✳

J'ai lu que dans la société des Francs-maçons, il se prêtait un serment non moins burlesque que les autres.

Cette société cherche à répandre ses principes par la science et la persuasion. — Pourquoi alors fait-elle prêter serment sur une épée, symbole de la force, négation de la parole, de la science et du droit?

Elle admet la liberté de conscience. Pourquoi alors, fait-elle intervenir la Divinité à la réception d'un libre penseur?

Elle veut l'application du bon sens. Pourquoi alors fait-elle jurer obéissance aux statuts de l'ordre, statuts qui peuvent varier
d'années en années ?

Tous ces rites sont aussi ridicules et con-
traires au bon sens que ceux qui font prêter
obéissance éternelle à une constitution sou-
mise dans ses variations au caprice d'un
mortel.

*
* *

Paul-Louis Courier écrivait : la paix de
l'Europe dépend d'une colique de Bonaparte.

Faire serment à Bonaparte c'était donc jurer
d'obéir à toutes les révolutions sorties de l'é-
tat de colique.

*
* *

Qui m'expliquera ceci ? Le serment étant
une attestation de la divinité doit élever
l'homme et fortifier sa conscience. La consé-
quence devrait être la sécurité publique. Pas
du tout! plus le serment est prodigué, plus on
augmente la police ordinaire et la police se-
crète. — Et celui qui fait ainsi prêter serment finit par consacrer la meilleure partie
de son temps aux récits de son ministre de
la police touchant la conduite des assermentés.

*
* *

Les parallélipomènes de Goëthe contien-
nent une page dont la lecture fait dresser les
cheveux. Un ancien républicain a trahi son
mandat, s'est vendu au despote, lui a prêté
serment et en échange va recevoir la plus
haute dignité du royaume. Mais avant, on
lui dit qu'il ne suffit pas d'avoir maudit son
passé et fait massacrer les siens, et qu'il lui faut
encore passer sa langue sur... du monarque.
Il va sans dire que l'autre accepte ; nul ne
peut s'arrêter sur le chemin glissant du vice
de trahison, et de serments en serments, on
aboutit là.

* *

L'impiété de la jeunesse est révoltante. Moi,
disait hier dans son club, un jeune petit
crevé, je n'ai encore prêté qu'un serment ;
c'était à ma première communion. J'ai juré

de renoncer à Satan, à ses pompes et à ses œuvres.

— Et vous l'avez bien tenu ?

— Comment donc ? A 17 ans je pris Finette et je connus les œuvres de Satan.

— Et vous y avez renoncé ?

— Pas du tout, j'y tiens plus que jamais ! A 19 ans mon père mourut en me laissant 400 mille livres de rentes et je connus les pompes...

— Vous avez jeté cela bien vite ?...

— Merci ! Je m'y accroche et les ménage, s'il vous plait ! Donc, pratiquant les œuvres et jouissant des pompes, j'ai compris ce qu'était Satan, et quand je jure par tous les diables, au moins je sais ce que je fais.

*
* *

MARIAGE

De tous les contrats, le plus saint est celui du mariage. — Le magistrat lit aux futurs époux les devoirs du mariage, mais ne leur fait point prêter serment.

Pourquoi ?

On a pensé, dit un savant, que si le serment de fidélité entre époux était exigé, on ne pourrait en dispenser les rois et les reines, ce qui serait incompatible avec les données de l'histoire de la royauté.

*
* *

DANS L'HISTOIRE

La plus vaste bibliothèque du monde ne pourrait contenir les récits de tous les serments violés par les rois et les princes. Un seul serment fait exception : certains rois juraient d'exterminer les hérétiques. Ils ne manquaient point à cet engagements sacré : non-seulement ils égorgeaient les hérétiques, mais par la même occasion ils massacraient leurs ennemis et les innocents par dessus le marché, — cela s'appelait : faire grand.

*
* *

DANS LA VIE

Deux hommes dont on parle différemment :

Du premier on dit :

Il m'a promis, — je doute,

Il m'a affirmé, — je n'en crois rien,

Il m'a juré, — je tremble.

Du second :

Il a donné sa parole. — cela suffit.

Dans notre siècle, le premier deviendra puissant, sera détesté et son cortége ne comptera que des complices.

Le second, restera obscur ; il sera honoré et ne comptera que des amis,

* *

LE SERMENT DEVANT LES TRIBUNAUX.

La scène se passe en cour d'assises.

On fait prêter le serment à MM. les jurés.

Un Juré. — Monsieur le Président, je ne puis prêter serment; ma conscience me le défend.

La Cour délibère et condamne ledit juré à 100 francs d'amende. Le Juré quitte l'audience. Un des assistants l'accoste et lui dit — Bravo, monsieur, c'est très-bien ! avant tout le respect de la conscience.

Le Juré furieux : — Vous me la baillez belle ! Elle me coute cher ma conscience ! 100 francs d'amende ! S..... n..... de Dieu (historique) voilà vingt ans que je n'avais juré ! 100 francs d'amende ! quinze jours de mon revenu ! Par tous les diables, je suis converti à la justice, et je lui jurerai maintenant tous les serments qu'elle voudra.

Évidemment, le président et le juré se faisaient une idée contradictoire du serment.

Autre scène en Cour d'assises.

Le Président. — Témoin, approchez. Vous jurez, n'est-ce pas, de dire...

Le Témoin. — Monsieur le Président, je ne puis prendre Dieu à témoin ; ma conscience ne peut...

Le Président. — Allons ! voulez-vous donner votre parole d'honnête homme que vous allez dire la vérité ?

Le Témoin. — Oh ! sans doute, monsieur, je donne ma parole d'honneur ; mais pour jurer...

Le Président. — Eh ! bien, faites votre déposition.... vous avez juré.

(Rires de l'auditoire ; le témoin reste un instant étourdi, et enfin fait sa déposition.)

Ce président comprenait le serment autrement que son collègue de l'affaire précédente.

*
* *

La loi permet à une partie en cause de déférer à l'autre le serment. Ce serment est appelé décisoire, parce que son refus ou sa prestation entraîne le gain ou la perte du procès vis-à-vis de celui qui l'a déféré.

J'ai assisté à la scène suivante, devant l'un des juges de paix les plus perspicaces et les plus spirituels de Paris.

Le Juge de paix à M. Paul. — Donc, vous soutenez que vous ne devez pas à Pierre les 50 francs qu'il vous réclame? et M. Pierre vous défère le serment.

M. Paul. — Je suis prêt à le prêter. (Murmures dans l'auditoire.)

Le Juge de paix. — N'allons pas si vite, s'il vous plaît. Vous voyez que l'auditoire, qui, depuis une demi heure, assiste au débat de cette affaire juge sévèrement votre caractère. Tenez, croyez-moi, vous allez faire une mauvaise action, vous allez commettre une injustice. Allons! dites que vous allez payer, et que vous ne voulez pas prêter serment ..

M. Paul. — Je veux prêter serment. (Agitation dans l'auditoire.)

Le Juge de paix. — Eh bien, alors, levez la main. Il est encore temps, prenez garde! vous allez prêter un faux serment !..

M. Paul. — Je le jure!

(Rumeurs dans l'assemblée.)

M. le Juge de paix se retournant vis-à-vis de Pierre, lui dit d'une voix triste : — Mon pauvre ami, vous êtes payé.

Paul se sauve de l'auditoire au milieu des huées de la foule.

*
**

DES PEINES QUI FRAPPENT LE PARJURE.

Le serment est si bien un acte religieux que l'influence de la religion a marqué les peines du parjure de son sceau particulier, c'est-à-dire, une légère sévérité :

Doigt coupé.

Poing coupé.

Langue arrachée.

Dents arrachées.

Fer rouge.

Prison perpétuelle.

Peine capitale (avec ses variantes, vestales enterrées vivantes, pendaison, décollation).

Voilà le bilan des peines du parjure chez tous les peuples.

Ces peines s'amoindrissent en descendant jusqu'à la simple prison, comme en France,

au fur et à mesure que le sentiment religieux
va s'effaçant. Les sentiments plus humains
font éclore des lois plus humaines.

LE SERMENT DES FEMMES.

Les femmes profèrent bien moins de serments que les hommes en ce qui concerne l'obéissance aux lois. Cependant elles les respectent bien davantage comme l'établissent les statistiques criminelles.

***

Est-ce la grâce qui les soutient? La passion de la coquetterie devrait plutôt les faire faillir d'avantage. Les femmes, dit Vilnac, les femmes quoiqu'elles fassent n'auront jamais meilleure grâce que la grâce qui succombe.

1

LES COCHERS DE FIACRES ET LES SERMENTS.

Pourquoi trouve-t-on souvent dans le journal officiel des notes ainsi conçues :

« Jean, cocher du n° 2304, ayant trouvé dans sa voiture un portefeuille contenant 3,000 fr. s'est empressé de remettre ce portefeuille à son propriétaire. Nous sommes heureux de signaler cet acte de probité. »

Pourquoi ne trouve-t-on jamais dans le journal officiel des entrefilets analogues à celui-ci :

« M. l'ambassadeur de Prusse ayant diné hier chez M. de la Tour-d'Auvergne a laissé tomber dans la salle à manger un portefeuille contenant 3,000 fr. M. le Ministre s'est hâté de renvoyer le portefeuille à son propriétaire.

Nous sommes heureux de signaler cet acte de probité » ?

Ce qui est un éloge pour le premier, constitue une injure pour le second.

Faire l'éloge de la probité du cocher, c'est implicitement reconnaître qu'on l'aurait cru capable de vol. Cela veut dire : Voyez, on se trompait, il n'est pas voleur.

Faire l'éloge du second, éveillerait toute sa colère : « Misérable journaliste, dirait-il, vous croyez donc l'opinion publique capable de me soupçonner ? »

Il en est de même du serment. La parole suffit chez l'homme qu'on ne peut soupçonner.

On exige le serment et on loue la fidélité chez ceux dont on se défie, comme on fait l'éloge de la probité chez les cochers de fiacre.

*
* *

ÈTRÈ OU NE PAS ÊTRE

L'ancienne société était fondée sur la foi politique et sur la foi religieuse,

La société moderne veut pour base la science politique et la science morale.

L'ancien régime disait : croire, se battre, courbez la tête.

Le nouveau dit : savoir, parler et regardez bien en face.

Nous sommes dans la période d'enfantement. Le XIX° siècle ne *croit* plus et ne *sait* pas encore

A lui d'apprendre. Il le faut sous peine de mort.

*

La science morale lui apprendra que s'il est bon de se défaire du serment, il y a nécessité de maintenir le respect de la parole.

Le mentir, a dit Montaigne, est un maudit vice. Il faudrait le poursuivre à feu par dessus tous les autres crimes. Nous ne sommes hommes et nous ne nous tenons les uns aux autres que par la parole.

JEAN-PAUL.

Paris. — Typ. Gaittet, rue du Jardinet, 1.